SONGE.

IMPRIMERIE D'ÉD. PROUX ET COMP⁽ᵉ⁾,
3, rue Neuve-des-Bons-Enfants.

SONGE.

Ne blâmez pas ceux qui y croiront, ne censurez pas ceux qui n'y croiront pas. Ici la liberté est un vrai témoignage ; y croire ou n'y pas croire ne fait rien à la chose. L'incrédulité de ceux-ci ne peut détruire la vérité favorable à la crédulité de ceux-là. Le songe n'est rien, l'amour est tout ; ou si le songe est quelque chose, il ne l'est que par l'amour. Et le langage de l'amour dont il s'agit ici, est clair comme le jour. Beau ciel, ouvrez vos portes à ma patrie ! ouvrez-les aux accens de mon amour pour *la gloire des journées mémorables !*

PRIX 10 CENTIMES.

Paris.

CHEZ LES MARCHANDS DE NOUVEAUTÉS.

19 JUILLET 1838.

SONGE.

J'ai vu l'ange réformateur de juillet 1830, éclatant de beauté et de magnificence, vêtu comme Saint-Michel, appuyé sur l'autel, proche du feu sacré. Sa vue me frappa d'étonnement et d'admiration, et je lui demandai à quel ordre il appartenait, des trônes, des puissances, des dominations, des chérubins, des séraphins, des conseillers du très-haut, et quel rang il occupait dans leur hiérarchie céleste. Etes-vous, lui dis-je, l'ange de France, l'archange des grandes journées que nous allons fêter ? êtes-vous l'ange du roi ? Au même instant, en signe d'approbation, il déploya son glaive étincelant, et sillonna le ciel de mille lumières diverses, et je vis écrit dans le temps : *Glaive protecteur du roi.* Une main invisible lui remit un triangle, une couronne et une plume, symbole de la Sainte-Trinité, de ses amours et de ses secrets ; et il me dit : « Prenez cette plume et écrivez ce que vous écrivîtes au commencement de l'année dernière, et le présentez à la Chambre des députés. » Je lui dis : « Mon prince, n'y a-t-il aucun danger pour Louis-Philippe à publier ce projet ? » Il me prouva que non, non plus que pour le prince royal, et m'assura que la majorité de la Chambre ne laisserait jamais prévaloir la question et les principes de la royauté déchue. « Alors, excellent prince, puisqu'il en est ainsi, daignez éclairer mon amour de votre esprit de lumière, pour

que je puisse ajouter les raisons parlemen-
taires de cette année courante à celles qui
militaient l'année dernière en faveur de ce
projet. Il me dit : « Nous verrons cela plus tard.
Dites pour le moment au roi de continuer
à rabaisser l'orgueil politique du haut clergé
qui ne baisse la tête que parce qu'il ne peut
plus la lever, et surtout celui d'un clergé ré-
gulier qui, depuis si long-temps, fait marcher
à la face des nations la gloire sanguinaire du
diable à côté de celle de Dieu ; clergé dont la
politique contre le Saint-Esprit est aussi
sacrilége que ses vertus chrétiennes sont
hautes et magnanimes. Faites abattre la tête
de bête que l'enfer satisfait lui a fait pousser
pour étouffer sa tête évangélique ; sauvez ce
clergé malgré lui, en recommandant au roi
ces choses pour la gloire et l'unité de l'état.
Conjurez le roi de marier sa troisième fille à
la gloire de l'église humiliée. Allez vous-
même supplier cette princesse d'intéresser
son père à la plus grande gloire du culte de
Marie. — Excellent prince, de grace, ne me
chargez pas de pareille mission. Au mois de

juillet 1830, j'eus à en remplir une de ce genre ; l'amour me fit perdre la tête, et je fus conduit à Bicêtre où je subis un martyre de cinq mois pour la seconde princesse qui fut mariée depuis. Au sortir de Bicêtre je pris rang dans l'armée sous les glorieux drapeaux d'un gouvernement devenu cher à mon cœur, pour lui prêter militairement serment de fidélité. Maintenant, daignez ne point m'engager dans de nouveaux malheurs. Devenu pauvre colon sur un sol paisible et champêtre, laissez, je vous conjure, reposer en paix mes espérances ensevelies au ciel. » A umême instant il déploya encore son glaive étincelant et laissa marqué au ciel le beau nom de Marie.

« Très excellent prince, lui dis-je, il n'est point permis de désirer la femme de son prochain.

— Regardez bien, » reprit-il ; je relevai les yeux et je vis : Marie-Clémentine d'Orléans. « Prenez, me dit-il, la plume sacrée, et écrivez de suite les entiment que vous inspire ce nom. » J'écrivis :

« Mademoiselle,

» Quand les enfans de la patrie, au jour
» d'éternelle mémoire, versaient leur sang
» pour la liberté, les accens de leur noble li-
» béralisme, en s'élevant dans les cieux, y en-
» fantaient l'auréole de la gloire réalisée qui
» enivre aujourd'hui mon cœur d'amour pour
» les grâces de votre royale personne. Dans
» cette ivresse, paisible habitant d'une terre
» privilégiée des cieux, je vois croître en paix
» mes pommes de terre, mon blé, mon orge
» et mon avoine; j'entends avec un doux
» plaisir murmurer le ruisseau qui arrose ma
» prairie ; je vois avec complaisance mes
» agneaux bondir de joie : que je serais heu-
» reux si votre main daignait s'ouvrir pour
» recevoir, comme gage de mon amour, le
» plus joli d'entr'eux! »

Puis je m'arrêtai pensif et dis à l'ange :

«Voilà, très glorieux séraphin, les sentimens
que vous me commandez d'émettre; sont-ils
dignes de la fille du roi, et aurai-je le bonheur de lui plaire, plutôt par le désir de l'a-
baisser à moi que pour celui de m'élever à
elle? Vous connaissez l'attrait naturel de mon
cœur pour les plaisirs que procurent la ri-
chesse et l'honneur; faites donc, ô prince
très illustre parmi les anges, que la pensée
du fumier du pauvre Job, du froid, de la
faim, de la misère du malheureux, ne m'a-
bandonne jamais dans la prospérité au sein
de laquelle vous paraissez vouloir me com-
bler des délices d'un amour enivrant. —Ache-
vez, me dit-il, l'expression de vos sentimens
à la fille du roi ;» et je poursuivis :

« La lumière du soleil, charmante prin-
» cesse, a perdu son éclat, le chant du rossi-
» gnol, sa mélodie, les sites pittoresques,
» leurs charmes, la nature entière, sa belle
» parure, depuis que mon cœur s'est laissé
» saisir par la puissance de l'amour national
» que j'ai conçu pour vos grâces; long-temps

» j'ai été dans ce tourment pour la princesse
» votre sœur. Toute la journée je ne cessais
» de la chercher, et le soir de l'attendre à
» l'ombre de la nuit, partout où je me trou-
» vais, jusqu'au lendemain matin. Mon cœur
» tombait en défaillance, mon ame se dessé-
» chait, mes yeux se renfonçant inspiraient
» la pitié. Naguères, encore, mes ossemens
» couverts de peau faisaient, pour en finir,
» une dernière invocation aux portes du tom-
» beau, qui m'ont été fermées, lorsque le
» charbon sacré du séraphin vint réveiller en
» mon cœur l'espérance ensevelie. Depuis, je
» suis sans cesse tourmenté dans mon som-
» meil à votre sujet. Je vois des mains armées
» se saisir de moi à votre porte ; je vois deux
» gendarmes me promener honteusement
» dans les rues de Paris, pour me faire com-
» paraître devant le commissaire de police du
» quartier, et me conduire à jeun à la pri-
» son de la Préfecture, vers les dix heures du
» soir. Je vois M. Dolomieu, et sa femme et
» sa fille s'apitoyer sur moi. Je vois les por-
» tes de Bicêtre s'ouvrir et les bourreaux

» m'enmancher la camisole de force pour
» cause de récidive. J'entends le cortége du
» docteur embarrassé, quoiqu'habile à déli-
» vrer ses malades de l'influence des ténèbres,
» qui me met au régime des bains pour cal-
» mer mes amours. Après cinq mois de mar-
» tyre, je reçois une lettre qui m'annonce que
» je suis sous la surveillance de la haute po-
» lice comme suspect au roi, et m'ordonne de
» sortir de Paris sur le champ, pour m'évi-
» ter de plus grands malheurs. Mon esprit, fa-
» tigué par ce travail nocturne, céda enfin à
» un autre sommeil qui me reprit sur celui-ci;
» mais ce repos ne fut pas long, car aussitôt
» je vis une ombre que je n'ose nommer, sor-
» tir de la tombe et s'approcher de moi. A
» cette vue, je poussai un cri et me réveillai
» saisi de frayeur, non point pour vous faire
» la cour, charmante princesse, puisque ce
» désir de mon cœur est opposé aux lois, et
» sans doute par devers vous bien inutile ;
» mais du moins pour solliciter par votre
» entremise, de la bienfaisance et de la pitié
» royale, quelques ressources pour le pauvre

» petit village que j'habite, privé d'église, dé-
» nué même d'une chapelle à Marie!

» Et pour vous, ô mon Roi, puisque l'ange
» prouve réellement que ce projet est la con-
» séquence même de la réforme due aux mé-
» morables catastrophes qui ont châtié le par-
» jure et effacé pour jamais de la législation
» française, les principes arbitraires qui ont
» fait couler tant de sang, je vais m'empres-
» ser d'offrir à la Chambre ce projet de loi à
» la gloire des victimes qui ont opéré en
» France le renversement de la grande idole
» sur laquelle vous régnez ; disons mieux, sur
» la poussière de laquelle veille jour et nuit
» votre amour pour la défense et le triomphe
» de la noble cause qui vous a couronné et
» exposé votre sceptre en regard à tous les
» rois de la terre, avec le respect pour eux
» que nous voulons pour nous, et avec une
» dignité et un intérêt fait pour gagner leurs
» cœurs. »

Dans cette douce espérance, j'attends le
retour de mon sommeil pour voir si l'ange

viendra. Cher amour de la gloire du roi, venez fermer mes paupières ! venez à l'ombre de la nuit me faire voir le bel ange! O mon roi! que je vous aime éveillé!... que je vous aime endormi !.... Mais le bel ange ne vient pas ; pourquoi ne vient-il pas ? Venez donc, bel archange ; pourquoi ne venez-vous pas ? O mon roi! je voudrais vous faire voir le projet; je voudrais vous faire entendre la pièce de 48 ; mais le bel ange me dit d'aller vous voir avant pour rendre hommage de suite aux glorieuses journées, parce que je n'ai que le temps. Daignez donc, ô mon roi, ne pas fermer vos portes à mon amour qui part avec les ailes de l'ange pour prendre part le 27 au deuil et aux prières publiques, et pour faire, le 28 et le 29, asseoir à votre table, entre vous et la reine, l'amour de tous les cœurs français, et multiplier partout la présence du vôtre dans les joyeux banquets des grands jours de fête et du riche et du pauvre. Mais arrivé aux barrières de Paris, les ailes de l'ange m'abandonnèrent. Je m'arrêtai en les appelant à mon secours pour continuer ; mais elles ne me furent rendues long-temps après que pour retourner ici. Pendant ce temps là, je vis les lois de septembre marchant en inclinant tristement leurs têtes vers les tombes de juillet ; elles étaient suivies d'un charmant jeune homme en deuil qui chantait en pleurant sur l'air du *Beau Navire*, *adieu*, et le reste que je n'ose répéter. Saisi d'un profond sentiment de douleur pour l'embarras de l'autorité, et d'indignation nationale envers les ennemis de l'État et du roi, aussitôt l'amour enleva mes yeux de deuil du fond des tombes vers le séjour céleste, et je m'écriai :

Mois de juillet, du grand fait qu'on admire,
Source d'ame, source d'amour sacré,
Embrase-nous du feu du noble empire,
Par le grand fait sur la France attiré.

Aussitôt j'entendis retentir à mes côtés le coup de canon de la pièce de 48, qui fit vibrer les cuirasses d'airain fin des anges de la victoire suspendues au trophée de leur gloire ;

et je vis paraître ses nombreuses légions célestes. Le séraphin me conduisit vers l'ange mathématicien, calculateur des forces, et il me fit voir de nouveaux et admirables systèmes de manœuvres pour gagner imperceptiblement sans reculer que pour mieux avancer sur l'ennemi. O incroyable calcul des puissances de l'ange de juillet, je ne vous oublierai jamais !

Que les camps du séraphin étaient bien ordonnés et bien rangés ! et que l'appareil de guerre de son armée sous les armes électrisait mon ame !

» Et vos provisions pour la vie de l'armée, ô mon prince je ne les vois pas !— Le pain d'amour, voilà notre nourriture, me dit-il.

—O puissant séraphin ! ne pourriez-vous pas me faire manger du pain d'accroissement d'amour pour la fille du roi des augustes journées, et me donner place dans les premiers rangs de vos postes avancés ? »

Il me fit servir ce pain désiré qui embrasa mon ame et mon cœur du feu des chérubins pour le cher objet de mes espérances sacrées ;

il m'envoya un beau coursier ailé, avec un casque, une cuirasse, une lance et un glaive qui manœuvrait tout seul.

Il me plaça lui-même au poste désiré, d'où l'on découvrait l'immense armée ennemie. Sa présence jeta l'épouvante et la confusion dans les rangs infernaux.

Ses princes, désespérés de ne pouvoir rappeler au ralliement leurs rangs épouvantés, se frappaient la tête de leurs armes, et faisaient jaillir jusque sur nous les éclairs de l'enfer hérissé.

« O très excellent prince ! quelle agréable victoire vous procurez à mon amour pour l'empire de juillet ! De grâce ne laissez pas retomber cet amour, mais faites que je cesse de vivre ici-bas lorsqu'il ne pourra plus monter.

» Verrai-je enfin le pauvre enfant coupable en Charles X, admirer, dans le parjure de son aïeul, le poids de gloire que cet heureux malheur a fait jaillir sur nous au prix du sang français ?

» Verrai-je, avant de mourir, l'alliance précieuse du sang du peuple avec sa royauté?

» Verrai-je la paix florissante du ciel descendre sur la France?

» Verrai-je bientôt donner à la gloire de juillet le caractère d'élévation que mérite son jugement, sa sagesse?

» Verrai-je avant de mourir, les puissances allumer leur amour au feu de notre amour?

» O très excellent prince, qui nous montrez la haute justice attachée à la gloire de juillet, vous faites bondir mon cœur de joie en l'enlevant dans les hauteurs que vous habitez!

—Quel est donc, me dit-il, parmi les enfans de la patrie, celui qui épousera la fille du roi?» Je fus atterré par cette question, immobile, sans réponse, en moi-même absorbé.» Un avantage de ce genre, lui dis-je, est fait pour qui le mérite. Et votre question rappelle à ma justice une pensée qu'elle aurait dû prévoir plutôt.

—Elevez-vous, enfans de la nation heureuse, marqués du caractère de la victoire triomphale que nous allons célébrer! Et puisque la Chambre des députés n'est plus là, et que celle des pairs, amis de la justice de juillet, est toujours là pour recevoir vos vœux , adressez-vous à son cœur , à son esprit régénéré dans le sang du baptême national de juillet. Placez des couronnes d'immortelles sur les têtes des enfans adoptifs du roi, marqués d'un sang dont lui-même est marqué. Placez-en sur toutes les têtes qui vous sont chères, et placez la plus belle sur celle qui sera le mieux marquée du glorieux caractère.—Ah! que la mienne n'a-t-elle cet avantage! —Un seul mot de votre puissant amour, adressé tout naturellement à la Chambre, pénétrera jusqu'au fond de l'ame le cœur de sa justice, et gagnera pour votre élu les cœurs du roi, de la reine et de leur fille. »

Pour moi, charmante princesse, je ne goûterai pas sur vos lèvres la douceur du baiser des anges de la victoire.

Je n'entendrai pas près de vous retentir les accens de leurs cantiques et le son de leurs glorieuses trompettes au sein du bruit des camps.

Ma main ne conduira pas au pied de l'autel

du Dieu des armées, votre main royale y apportant pour la nation l'encens sacré qui perce les nues.

Mes yeux ne verront pas dans l'intérieur des vôtres, le beau ciel resplendissant, versant sur ma chère patrie des torrens d'abondance et de félicité.

Je ne sentirai pas la grâce de votre pénétrante parole, produire en moi la neuve et céleste émotion nationale.

Je n'étancherai pas ma soif dans votre cœur à la source des élévations ; je n'y éprouverai pas l'ivresse de la haute jouissance des voluptés de l'amour de la patrie.

Je ne mêlerai pas l'harmonie de mes prières à l'harmonie des vôtres.

Je ne recevrai pas de votre main la croix de gloire et de science et d'honneur célestes.

Je n'irai pas avec vous recevoir le pain d'amour du chérubin à son banquet sacré.

Mon archet ne fera pas près de vous résonner, sur l'harmonieuse corde du vieux Jacob, les sons inspirateurs du soir.

Ma main ignorante, mais conduite par l'amour, ne cherchera pas près de vous de tendres et touchans accords sur ses touches d'ivoire.

Mes joyeux chalumeaux ne feront pas retentir le lieu de votre naissance, et les échos de vos délicieuses vallées.

Mon cœur ne battra pas dans le vôtre pour le bonheur et la gloire des Français, pour la félicité des auteurs de vos jours et de toute la chère famille.

Je ne jouirai pas le matin de la vue de votre céleste sommeil dès l'aurore du jour, et l'astre éclatant à son lever ne verra pas bondir mon cœur d'amour à la vue du repos de vos grâces.

Enfin, je ne serai pas, parmi les enfans de la patrie, l'heureux mortel prédestiné pour épouser la fille du roi, et pour goûter en elle combien le Tout-Puissant est bon.

Mais je serai le pauvre mortel déchu de ses hautes espérances, qui laisse couler par faiblesse les larmes d'un amour défendu pour la royale amie du fils de la nouvelle victoire des augustes journées.

Je serai le pauvre mortel à qui il sera permis du moins de lancer, au milieu du triomphe des cœurs emportés vers les cieux par
l'amour, des traits d'amour public sur la
bien-aimée de l'heureux bien-aimé, et sur
leur chère alliance, chère au peuple et au
roi.

Vous voyez, ô mon roi! la force avec laquelle le sentiment origineel du beau et du
sublime attaché à votre couronne, porte mon
cœur vers vous et vers le cœur sorti du vôtre, cher objet de la nouvelle victoire. Quand
je n'ai plus de paroles pour pouvoir l'expri-
mer, il me reste des larmes. Si elles péné-
traient le cœur de la pierre comme elles pé-
nètrent le mien, on les verrait empreintes
sur le pavé du Carrousel, en face l'arc-de-
triomphe, et sur celui de Saint-Roch. A par-
tir de l'auguste mois de juillet de cette année 1838, il y a huit ans que les premières
ont commencé à couler sur la terre de Neuilly;
et il est probable, si Dieu ne m'assiste, qu'a-
vant huit ans elles ne couleront plus nulle
part. Mais, si j'ai le bonheur de mourir le

jour de ma naissance, ce sera du moins le 9 juillet que mes yeux et mon cœur desséchés iront vous devancer dans la tombe.

En attendant, ô mon roi ! que je serais heureux si vous pouviez, après le mariage de l'auguste princesse, me donner une place près de votre Altesse Royale, sans déranger personne. Que je serais heureux d'être le bouclier de vos précieux jours, si cette place était vacante ! Mais, si cela ne se peut, daignez, ô mon roi ! ne pas oublier la petite chapelle recommandée à la reine, à la famille entière, pour la gloire de Marie, dans le pauvre petit village de Villeneuve, près Lussac-le-Château, département de la Vienne, le 19 juillet 1838.

www.ingramcontent.com/pod-product-compliance
Ingram Content Group UK Ltd.
Pitfield, Milton Keynes, MK11 3LW, UK
UKHW021049120726
13693UKWH00006B/2526